비나리시

비나이다
나
이
다
땅에 빌고
하늘에 빌고
이 세상 모두에게
　　　　　　비
　　　　　　나
　　　　　　이
　　비나이다

우리시대 교사시선 03

비나리시

초판1쇄 펴냄 | 2015년 2월 28일
초판2쇄 펴냄 | 2015년 10월 30일
글쓴이 | 이주영
편집 | 장순일
디자인 | 나모에디트
펴낸이 | 정낙묵
펴낸 곳 | 도서출판 고인돌
주소 | 경기도 파주시 문발동 617-12 1층 우편번호 413-832
전화 | (031) 943-2152
전송 | (031) 943-2153
손전화 | 010-2261-2654
전자우편 | goindol08@hanmail.net
인쇄 | (주) 금강인쇄
출판등록 | 제 406-2008-000009호

값 9,000원
ISBN 978-89-94372-70-9 04810

이 도서의 국립중앙도서관 출판예정도서목록(CIP)은 서지정보유통지원시스템 홈페이지(http://seoji.nl.go.kr)와
국가자료공동목록시스템(http://www.nl.go.kr/kolisnet)에서 이용하실 수 있습니다.
(CIP제어번호: CIP2015004585)

비나리시

고인돌

차례

서시 _ 우리 · 6

　어린이들에게 · 8

1부
민들레 씨앗으로 날아가는 아이들아 · 11

인상이에게	성훈이에게	영미에게
용열이에게	태열이에게	선향이에게
철균(지훈)이에게	승현이에게	영실이에게
홍진이에게	제구에게	성은이에게
경석이에게	기엽이에게	영선이에게
기석이에게	세환이에게	명자에게
종희에게	상일이에게	은이에게
해춘이에게	경중이에게	현정이에게
광희에게	상윤이에게	수미에게
남용이에게	해원이에게	영주에게
광남이에게	영권이에게	윤희에게
영이에게	원경이에게	현주에게
준규에게	진태에게	경임이에게
명래에게	정석이에게	은실이에게

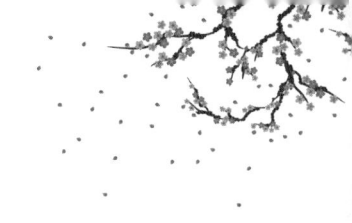

지은이에게 　　해경이에게 　　성미에게
진희에게 　　　현정이에게 　　은정이에게
효숙이에게 　　진희에게 　　　으정이에게
시현이에게 　　명희에게
윤희에게 　　　미경이에게

2부
내가 사랑하는 어린이는 · 103

3부
마음으로 부르는 노래 · 113

부모님 수연에 바치는 축원
아버지를 기억하며
어머니 버릇
회갑 축시
선생님 고맙습니다.
꽃 단장한 통일 열차를 타고 가소서
부디 편안하게 가세요

이 시집을 펴내는 까닭 · 151

우리

햇살의 따사로움과
어머니 품의 포근함과
아버지의 넉넉함으로
우리는 살아갑니다.

봄이면
추운 겨울 이겨낸 새싹을 닮고
여름이면
싱싱한 나무를 닮고
가을이면
알알이 영그는 열매를 닮고
겨울이면
모든 것 감싸는 흰 눈을 닮고

자연 속에서

이웃과 함께

지금보다 더 나은 모습으로

우리는 날마다 자라납니다.

단기 4330.3. 4 이상호 씀

단기 4330.3.16 이주영 바꿔 씀

* 1997년 겨울 스위스 바젤 도르나흐에 있는 슈타이너 학교로 후배 10명을 모아서 연수를 다녀왔는데, 그때 슈타이너 학교 교실에서 마침마다 함께 낭송하는 시처럼 우리 아이들하고 교실에서 함께 낭송하고 싶은 시를 만들자고 함께 의논했는데, 이상호 선생이 슈타이너 연수단 모임에 써 낸 시를 다시 다듬어서 교실에서 아침마다 어린이들과 함께 낭송한 시임

어린이들에게

교사가 되어 꼭
열 번째로 만나 헤어지는
쉰넷 아이들
파란 하늘 속으로 날아오르는
625명 민들레 씨앗 닮은
아름다운 생명들이여
너희가 자라는 그곳
거기가 어디라 하여도
배달겨레 씨알 되어
배달 꽃으로 피어나고
배달겨레 열매로
역사 속에서 영글어 가리니
알차게 알차게
아름답게 영글어 이 땅의 희망이 되어라

아픈 철조망을 녹여 버리는

역사의 새 살이 되어 살아나거라.

---

* 1986학년도 서울 탑동초등학교 6학년 10반 졸업식에 주는 시, 625명
은 초등학교 교사가 되어 담임을 맡았던 아이들 수

1부

민들레 씨앗으로 날아가는 아이들아

나뭇가지에

앉았던 산새들도

빛이 되어 함께 날으리라.

인상이에게

인상아
네가 4학년 일 년 동안
교실 자리를 비웠을 때
담임이신 최경오 선생님은 하루도 빠짐없이
너를 위해 기도하셨단다.
그 큰 기도 응답으로
네가 다시 학교에 나왔을 때
주님 사랑이 교정에 가득했지.

네가 5학년 때
여름에 다시 가출했다가
온 몸을 벌레에 물려
흉한 모습으로 돌아왔을 때
담임이신 박향연 선생님은 맑은 눈물을
한없이 흘리셨단다.

6학년이 되어 우리 반이 되자
박 선생님은 수없이 나를 찾아와
너를 부탁했단다.

돌아온 너를
아이들이 박수로 맞이하고
교감선생님께서도 틈 있을 때마다
그 크신 손으로 네 등을 두드려 주셨지.

인상아
하느님은 너에게
부족함을 넘어서는
꼭 필요한 귀한 것을
생명과 함께 주셨으니
그 귀한 것을 잘 살려내어
아름답게 살아가거라.

용열이에게

넓은 운동장과
키 큰 미루나무같이
키 크고
싱그러운 내음
팔랑 이는
푸른 잎을 가슴에 지닌

그래서
친구들 마음에도
푸른빛을 넣어 주던
너의
그 모습이 언제나
우리들 모두의 가슴에
남아 있으리라

네 어머니 이름이

한 열매이듯이

큰 나무의 한 열매로

굳세게 영글어 가라.

철균(지훈)이에게

서늘한 바람이
고추밭을 휘감고 스칠 때
빠알간 열매 사이에
유독 앙징스럽게
얼굴을 내민 작은 고추마냥

작으나 단단한
속마음이 알찬
아이야

혼자 몸으로
모진 고생 이겨내며
보듬어 키우시는
어머니 뜻을
누구보다 잘 아는

아이야

저 높은 하늘을 향해
네 가슴을 펴라.

홍진이에게

백범 김구 선생님은
마마로 얽은 얼굴이셨지
조선시대 마지막 과거에서
떨어지시고
토방에서 몇 날 며칠을
생각하시고

얼굴 좋음보다 몸 좋음이 좋고
몸 좋음보다 마음 좋음이 더 좋다.

책 속 한 구절에 마음의 눈을 뜨시고
겨레의 큰 빛이 되셨단다.

학예회 때마다
친구들을 웃겨주던

그 좋은 마음을 더욱 좋게

담그어 내자

꼭꼭 눌러 담아내자.

경석이에게

사람은
누구나 잘못을 할 수 있다.
잘못 한 일이 문제가
아니라
잘못을 깨닫지 못함과
깨닫고도
씻어내지 못하는 비겁이
더 큰 문제지

경석이는 학기 초에 있었던
한 가지 잘못을
모두에게 고백하고
씻어내는 용기가 있었지.

작은 잘못을 숨기는 비겁이 아니라

씻어내고 털어내는 용기와 슬기로

양심을 지키는 귀한 소금을 얻은

성의로운 사나이

기석이에게

가만히 서 있어도
줄줄이 땀 흐르던
무더운 여름
찬란토록 뜨겁게 빛나던
한여름 정오에
호암산 등허리 해태상 위에
두 다리 버티고
힘차게 두 손 쳐들어
가슴의 뜻을
허공에 메아리치게 하던
드높았던 기상을
넓은 마음을
잊지 말아라
잃지 말아라

통일의 그날이 와

북소리 둥둥 울리도록까지.

종희에게

백두산
정수리의
천지연 물도
네 맑은 눈동자에
다 담을 수 있지.

한라산
기슭마다
노란 유채꽃들도
네 따스한 손으로
다 보듬을 수 있지

한반도
허리춤에
녹슨 철조망, 굳어진 시멘트벽도

너의 해 같은 웃음으로
다 녹일 수 있을 거야.

해춘이에게

호암산 마루 위
파란 물감도
호암산 기슭마다
연분홍 진달래 빛도
동일여고 운동장 아래
샛노란 개나리 때깔도
너의
하얀 화폭에 담겨지길
바라지

네가 모두어
화폭에 옮겨놓는
아름다움을 볼 때마다
부드러운 눈빛
그 안쪽에서 풀려나오는

네 꿈을

볼 수 있단다.

광희에게

1986년은
광희의 해였다.

집에 가도
텅 빈 방이 너무나 싫어
전자오락실이 더 좋다던 광희가
그토록 바라던
아버지
어머니와 온 식구가
한집에서 같이 살게 돼
학교가 끝나면
달려갈 집이 생겨
어머니라고 부를 수 있어
놀아줄 동생이 있어
소리 내어 웃을 수 있게 되어

기쁘다고 하였지.

광희야
1987년도 너의 해로
만들어라.

남용이에게

세상 모든 부모들이
자식을 사랑하는
그보다 더 크게
너의 생을
풍요롭게 해 주시는
아버지 모습
사랑으로 채우시는
어머니 마음
해가 하늘에 있을 때나
별이 구름 속에 숨겨져 있을 때나
너와 함께 하는 그 모든 땀방울을
기억하라.

말과 행실로
네 부모를 공경하라

스스로의 부족함을 떨어 버리고

새 삶을 이룰 것이다.

광남이에게

친구들은
오래오래 기억하겠지

부드러운 말로
친구들을 부드럽게 하고
상냥한 말로
친구들을 정답게 하고
솔직한 말로
친구들 믿음을 얻는

수줍은 듯 조용한
미소를 머금던
하얀 얼굴
순한 양의 두 눈을 가진
한 친구를

많은 친구들은

오래오래 간직하고 있겠지.

영이에게

12년을

아니, 철들고 나서 지금까지

망가진 왼쪽 눈 때문에

겪어야 하였을 가슴 아픔을

내가 어찌 알 수 있다고 말할 수 있겠냐만

찬바람 부는 겨울날

어머니를 조르고 졸라

20만원 구해 야매 수술하고

퉁퉁 눈이 부어

학교에도 오지 않는 어제오늘이

내 가슴을 에는구나.

중학교 가기 전에 꼭 나아야 할 텐데

한쪽 눈이 모자라는 만큼

다른 한 눈이 더욱 알차리니

고개를 쳐들고 형형이 앞을 봐라.
진리는 육신의 눈이 아니라 영혼의 눈으로
찾을 수 있음이니
육신의 눈을 부족하게 만드신 만큼
영혼의 눈을 누구보다 더 알차게 주셨을
하느님 뜻을 꼭 기억해 주렴.

준규에게

만주벌
드넓은 들판을
화살처럼 말 달리던
고구려의 아이
맞바람에 머리칼 흩날리며
단아한 아미와
지혜로운 눈빛을 내뿜던
고구려의 아이 같은

언제 보아도
지침이 없고
언제 불러도
상쾌한 대답을 보내오는
끈질기고 날랜 아이
5학년 담임이셨던

조덕웅 선생님을 너무나 닮은

피리 한 곡조도

청아하게 불 줄 아는 아이.

명래에게

물은 맑고 차고
불은 뜨겁고
바위는 듬직하고 무게가 있지

속에 품은 뜻이
큰 만큼
마음에 담은 정이
많은 만큼
듬직하고 무게 있는
바위 닮은
명래야.

말없이 자라
서서히 자라나
이 땅에

큰 바위 되어
우뚝 버티어라.

성훈이에게

누구보다
깨끗한 이마와
맑은 눈과
복스러운 코와
솔직한 입과
매끄러운 덕을 지닌
너의
작은 마음속에 들어 있는
불안
두려움
초조함이 무엇 때문인지
모르겠구나.

마음의 창을
크게 열어 제치고

가슴을 활짝 제치고
두려움 없는 걸음으로 당당하게
힘차게 걸어 보자

네가 지닌 참모습으로
내일을 향해 걸어가거라.

태열이에게

3천 명 아이들이
뛰놀고 간 자리
텅 빈 운동장에
한 조각 휴지가 바람에 구르고
어둠에 익숙한
4층 건물이 잠자는
학교에
숙직 때면 쫓아와
함께 놀자 떼쓰고
긴 복도 어둠 끝까지
저벅이며 걷기를
좋아하던
작은 파수꾼

어두운 두려움을

웃음으로 쫓아버리듯

사람들 마음을 어둡게 가리는

두려움들을

밝은 웃음으로 쫓아버려라.

이 사회를 지키는 파수꾼이 되어라.

승현이에게

언제나
웃음 띤 얼굴
일렁이는 동해 위로
환하게 떠오르는
아침 해를 닮은 얼굴

깊은 생각에 잠겨
굳게 다문 입일지라도
입가에 떠도는 잔잔한 미소
오동통한 볼을 지나
눈가에까지 이어지기에
우리는
너를 통해 평화를 보게 된다.

네가 잡아주는

한 친구, 친구들
손을 통해
평화가 둥글게
둥글게 번져간단다.

제구에게

키 큰 사람치고
싱겁지 않은 사람 없더란
속담도 있지만

소금 친
콩나물국이
싱겁지만은 않지?
잘 담근
장다리 장아찌가
싱거운 것은 아니지?

그래서
키 큰 사람도
짭짤하기만 하더란
새 말도 있단다.

키가 자꾸 크는 만큼

네 마음도

더더욱 알차게 자라거라.

기엽이에게

호암산 기슭
칼바위 새로 한 바람 불면
금세 날아갈 만도 한데
축구공 차다
되레 튕겨나갈 듯도 한데
운동장 구석구석
축구공에 발을 매고
날래게도 뛰는구나.
정확하게
슛
하는구나.

그 날랜 몸으로
한 팔 가득
신문 들고

골목골목 뛰어다니며
이 집 저 집 이 문 저 문
재빨리 도 오늘 소식
한 아름씩 던지는구나.

세환이에게

할머니도 품 파시고
어머니도 삯일하고
아프신 몸 추스르며 돈 버시는
아버지가 계셔도
근면 성실, 온화 다정, 착하디착하신
세 어른들 노력에도
가는 한숨 쉬며 누나 학비 걱정하는
부모님 아픔까지
함께 하는 어린 아들

모두어 모두어 누르고 일어난다.
탁탁 깨트리며 햇살처럼 날아오른다.
장산곶 장수 매가
구 년 가뭄 끝에도
부리를 딱딱 갈고 억센 날개 활짝 펴서

구천리 창공을 한숨에 날아오르듯
호암산 정기 품고 내일의 문을 연다.

상일이에게

우리 반 교실은
조명 시설이 없어
구름 낀 날이나
비 오는 날은 어둡지만
아무리 어두울 때라도
언제나처럼
상글상글 웃음 짓는
네 모습이
항상
교실을 환하게 했지.

수업 중에
떠든다 화내며
야단치려다가도
상글상글 웃는

언제나 웃으며 사는

네 모습이

내 마음마저

환하게 해 주었지.

경중이에게

작으나
단단한 체구
급하지만
끈질긴 성격

나하고
씨름할 때
쓰러지고 쓰러지고 쓰러지면서
이마에 땀이 줄줄 흘러도
지칠 때까지 하자고 했지

너보다 큰아이하고
결투할 때도
맞고 맞으면서도
끝까지 파고들며

주먹을 휘두르는

강하고 끈질기고 자신에 찬

도전

몸과 같이 마음도

씩씩하고 강하게

자라나거라

상윤이에게

한강 물은
유유히 흐른다.

태백산 골짜기
설악산 돌부리 밑에서
부터
수십 수백의 잔물들이 모여
강이 되어 흐른다.
더 큰 하나가
되기 위해
말없이 흘러간다.

작은 일
아주 작은 일들이
하나하나 알차게 쌓여서
큰일을 이루게 된단다.

해원이에게

책상이 망가지면 뚝딱
걸상이 부서져도 뚝딱뚝딱

수도가 고장 나도 척
풍금이 망가져도 척척

슬라이드 환등기가 멈추어도
네가 고치고
영사기가 잘못돼도
네가 금방 바로잡고

우리나라에서 제일가는
기술자가 되겠다는 변해원 기사
세계에서 제일가는
기사가 되고말고.

영권이에게

네 어머니가
20만 원 안 갚고
밤 도망간 이웃집 아이
찾으러 왔을 때도
난 몰랐단다.
네가 어떻게 사는지를

네 짝과
노란 물통 때문에
싸우고
눈물을 흘릴 때에도
정말 난 몰랐단다
네가 어떻게 사는지를

이제 헤어질 때

가까워서야
홀어머니 모시고 착하디착하게
따스한 가슴으로 열심히 사는
자랑스러운 네 삶을 알았단다.

원경이에게

용사촌 뒷산 기슭
맨 꼭대기 작은 집
결석하는 너를 찾아 헤매다
3일 만에 찾은 집에서도 너를 볼 수 없어
써늘한 마음 안고 돌아왔었다.

파출소에서
너희들을 보내왔을 때
너도 할 말이 없었겠지만
나도 무슨 말을 해야 할지 몰랐다.

어머니와 살게 되면서
학교에 잘 나와 반갑기만 했지
너에게 아무것도 해주지 못했구나.

매일 깨끗한 물
한 주전자씩 떠 오고
다소곳이 자리를 지킨 너에게
무엇 하나 제대로 가르친 게 없구나.

부디
힘차게 내일을 열어 가 주렴.

진태에게

충북 중원군 원월리

산 11번지

선조가 물려준 땅

한 줌 움켜쥐고

비료 빚

농약 빚

듬직했던 황소가 진

빚들을 탈탈 털며

탄금대 돌아가는 남한강 줄기 따라

부모 따라

서울특별시 구로구 시흥2동

산 91번지로 찾아온 아이

오곡을 품어 키워

다 내주고

허허로이 누워 있는

중원 들판 비어 있는 마음

비워도 비워도 내 줄 수 있는

푸근한 인심을 갖고 온 아이.

정석이에게

겨우내
묻혀 있던 씨앗들
따스한 봄바람 결에
껍질을 깬다.

씨앗을 품어
봄이면 온몸에
푸른 생명의 잔치 벌이는
산처럼 믿음직하고

봄바람 스치듯
온화하고
모든 것을 품어주는
믿음직한 아이

한 자리 지켜

우뚝 솟는 모습이다.

영미에게

한여름
소나기 지나고
동남쪽 하늘에 걸린
일곱 색 무지개다리
무지개다리에
핀
다알리아 같이
싱그럽고
활달한 영미야

저 무지개를
네 것으로 하렴
활짝 핀 다알리아를
네 가슴에 심어 두렴.

선향이에게

찰찰찰
흐르는 맑은 시냇물 따라
냇가에 피어 있는
제비꽃같이
살랑이는 바람에도
한들한들 흔들리고
파란 풀잎 새로
고개 숙이며
방실방실 웃음 짓는
제비꽃보다도
더 예쁘게 웃고
더 수줍어하고
더욱 상큼한 꽃향기를
퍼트리는 아이.

영실이에게

네 가슴엔
아마
호암산 한 우물 위로
떠오르는
밝은 해가 들어
있는가 보다.

네 마음엔
아마
운동장에 뛰어오는
아이들 머리 위에서 비치는
따스한 햇살이 들어
있는가 보다

네 손가락 사이사이엔

아마

가느단 저녁노을 빛살이

감겨 있는가 보다.

성은이에게

5학년 때
담임 선생님이
이해순 선생님이셨지.

주님의
사랑 담으신
모습과
따스하고
깨끗한
떠나지 않는
미소로
모나리자라는 별명을
꼭 맞게 하시는 선생님이
작년
한 해 동안 너에게 주신

사랑과 따스함을

올 한 해 농안
한 올 한 올 풀어내 준
착한 성은이.

영선이에게

5학년 때 담임
공태식 선생님처럼
키가 크고
말없이 부드럽게
웃을 줄 아는
영선아

노래를
좋아하고 잘 불러
아낌없는 박수를 받던 영선아

누구보다
내 잔소리를
싫어하는 영선아

네 속에

가득 찬 밝은 빛이

샛별처럼 빛나리라.

명자에게

내 고향
초가집 앞마당
울타리 겸 둘러심은
키 크고 튼튼한
초가을 바람에
넓은 잎은 펄럭이며
씨앗을 영그노라 고개 숙인
둥그런 얼굴이
푸근한 정을 주던
해바라기 닮은 아이

가을이면
얼굴 가득 알찬 씨앗
풍요로움 주던
한 알 한 알 까만 씨로

꼬마들 입을

즐겁게 해 주던

ㄱ 꽃처럼 사라나는 아이

은이에게

오대산
아름드리나무와
하늘 향해 펼친
검푸른
나뭇잎 사이로 파고드는 햇살
그 햇살마저 닿지 않는
수풀 속으로
산의 정기를 마시며 사는
한 마리 사슴을 닮은 아이

사슴은
깊은 숲 속에서
조용히 걷기를 좋아하고

은이는

깊은 마음속에서
조용조용 자라는 꿈을
키우고 있다.

현정이에게

어디서나 볼 수 있고
어느 것이나 비슷하게 보이는
호암산 기슭 한구석
작은 자리를 차지하고 있어
사람들이
미처 이름 지어 부르지 못한
한 포기 풀일지라도
거기밖에 없고
어느 것과도 다른
지구 위에 하나뿐인
한 포기 풀이란다.

너도
지구에 한 명밖에 없는
소중한 생명이란다.

수미에게

아무리 가물어도
골짜기 물마저 말라버려도
오히려 등마루 한 우물은
맑고 찬 샘물을 솟아낸다고 한다.

아무리 힘들어도
야단맞고 벌서고 마음이 우울해도
오히려 우리 반 수미는
밝디밝은 웃음으로
모든 걱정을 털어버리고
한 우물 샘처럼
기쁨이 솟아나게 한다.

영주에게

사과만큼이나
발간 두 볼을
수줍어 물들일 때
온몸 가득히
새순 같은 청아함을
머금는 아이.

진주만큼이나
반짝이는 두 눈을
진실 되게 반짝일 때
한 맘 다 열어
이슬 같은 영롱함을
금빛으로 살려내는 아이.

윤희에게

노력하는 만큼
열매가 열리지 않는다 하여
실망하거나
초조해하거나
불안해하지 말아라.

홍시도
서리를 맞은 뒤에
더 맛을 내고
보리도
추운 겨울을 지난 뒤에
자라고 있지 않니

어느 날 문득
바라던 것보다 더 좋은
열매를 거두게 되리라.

현주에게

호암산 위로
보름달이 떠오르면
평화롭게 누워 있는
땅을 보게 된다.

평화로운 땅 위에
점점이 얹혀 있는
할아버지, 할머니
아버지, 어머니
아이, 아이들을 덮고 있는
집을 보게 된다.

땅처럼
평화롭게
집처럼 포근하게
한 걸음씩 내일 향해 가는 아이

경임이에게

밤이
어두울수록
하늘의 별늘은
더욱 반짝인다.

밤이
어두울수록
자신을 태워 빛을 내는
촛불이 더욱 일렁인다.

별
촛불
어둠을 쫓는
빛들을 모아서
매일 같이 쏟아내는
빛처럼 밝은 아이

은실이에게

집주인이
전세금 떼서 달아나고
땅 주인은
헌 집이라고 헐어내어
파란 천막으로
이슬을 받아주며
뒤척이는 짧은 밤
엄마와 둘 뿐이
손잡고 잠을 잤다.

거친 손보다도
더 거치른 엄마 마음 속에
은실 금실 섞어 짠
희망을 나눠 드렸다.
내일만이 갖는 희망

오늘 밤부터 갖다 두자

천막 방에서

엄마와 약속한 아이

지은이에게

너는 나 보고
땅 넓은 줄만 알고
하늘 높은 줄 모른다 놀리고
나는 너 보고
하늘 높은 줄만 알고
땅 넓은 건 모르느냐 놀린다.

싸리나무보다
미출하고 단단한 지은아
억센 바람에도 꺾이지 않고
민들레 씨앗으로
어머니와 동생과 예까지 날아와
굳은 땅 파헤치고
뿌리내린 지은아

오는 정

감사히 받아

향기롭게 영글어라.

진희에게

새 아침
솔잎마다 총총
매달린 이슬방울
티 하나 없는
맑은 구슬 점을
하나 가득 가슴에 품고
찬란한
태양 되어 솟아오르라.

수풀 밑에
엎드렸던 들새도
나뭇가지에
앉았던 산새들도
빛이 되어 함께 날으리라.

효숙이에게

푸른 들판을
가볍게 달린다.
새파란 풀들이 살랑이고
하얀 들국화가 한들거린다.

행운의 네 잎 클로버를
입에 물고
노란 들국화 사이로
가볍게 걷는다.

누구나 알아야 할
숨겨진 진실을 찾아
한 손에 원고지
한 손엔 연필 들고
들국화로 가득 찬
들판을 돌아다닌다.

시현이에게

허리가 아파
걷기조차 불편하신
할머니 대신에
영세민 취로 사업장에
가느라
가끔 결석하고
할머니를 잘 모시겠다고
일기장에
다짐하면서도
가끔 속을 썩이는
그래도
누구보다 열심히 사는
사랑하는 시현아
굳세게 자라나거라.

윤희에게

옛말로
부잣집 맏며느리 감

복스럽고
활달하고
무슨 일이나 열심히
척척 잘 해내는
아이.

비바람이 불어도
눈보라가 쳐도
바른길 찾아내어
기러기 날듯
의연하게 가는
아이.

해경이에게

해경아
오천 년을 출렁이며
굽이쳐 흐른
물이
여기 고여 있다
여기에 웅덩이 고인 물로
막혀 있다.
그도 두 웅덩이 되어
답답한 벽이 되어
흐르던 물 잠재우려
막아서 있다.

해경아
열어라, 닫힌 너의 창을
틔워라, 너의 창을 가리는

저 답답한 벽을
따스한 네 손으로 쓰다듬어
다시 오천 년, 힘차게 흐르게 터라
네 창을 활짝 열어라.

현정이에게

너의

그 따뜻한 가슴을

짓누르고 있는 것이 무엇이니?

너의

그 착한 마음을

나오지 못하게 막는 것이 무엇이니?

너의

그 밝은 지혜를

가리우고 있는 것이 무엇이니?

가슴을 제치고

마음을 열고

네 속에 간직된 지혜를

참되게 드러낼 때가 되었단다.

진희에게

체육 시간 되었다
발야구 하면
맨 앞에 서서
하얀 공 받아내고

체육 시간 되었다
피구를 하면
모락모락 김 뿜으며
잘도 피하고

체육 시간 되었다
철봉을 하면
하나 둘 셋
매끄럽게 돌아 오르는

체육 시간에 더욱 빛나는 진희.

명희에게

둥둥
정월 대보름달이
환하게 떠오르는데
호암산 정수리 큰 바위를
손잡고 돌면서 노래하면서
달님에게
드린 소원 무엇이었니?

올해는 시험마다
100점 맞게 해 달라고
아버지 어머니
건강하시라고
동생이 무럭무럭
자라게 해 달라고 했니?

달님이 올해도

명희를 돌봐주시니

열심히 열심히 노력하거라.

미경이에게

미경이

6년 동안 자취인

생활기록부를 보니

1학년 때보다

2학년 때가

2학년 때보다

3학년 때가

3학년 때보다

4학년 때가

4학년 때보다

5학년 때가

훨씬 발전하고 있구나

성격도 많이 활발해지고

중학생이 되고

고등학생이 되고
이처럼 차근차근히
계속 발전하거라.

성미에게

밤새 내린
이슬비에 젖어
촉촉하게 내려 준
하늘 비에 씻겨
더욱 깨끗하게 피어난
노란 개나리꽃

다소곳이 허리 숙여
솔바람을 맞이하고
생긋 웃는 얼굴을
봄바람에 스치며
정답게 촘촘히 핀
노란 개나리꽃

꽃보다도 더
깨끗하고 생긋 웃는 성미.

100

은정이에게

불길도 헤치고
물길도 헤치고
온 나라에 울려 퍼지는
은정이 소리

풀잎도 헤치고
돌 틈도 헤치고
온 산야에 달려 번지는
은정이 마음

자유의 날개를
힘껏 펼쳐 창공으로 솟는 소리
평화의 노래를
아름답게 불러, 온 땅을 덮는
그런 마음을 가진 아이

2부

내가 사랑하는 어린이는

노란

햇병아리

우리 반 귀염둥이

내가 사랑하는 어린이는

내가 사랑하는 기태훈 어린이는
다람쥐보다 한걸음은 빠른 아이
친구가 힘들게 해도 사이좋게 대하세요.

내가 사랑하는 김민구 어린이는
햇님을 닮은 듯 환하게 웃는 아이
친구가 장난쳐 와도 웃음으로 대하지요.

내가 사랑하는 김병순 어린이는
미루나무 자라듯 푸르게 자라고
언제나 친구들하고 사이좋게 지내지요.

내가 사랑하는 김영훈 어린이는
푸른 바다 달리는 잠수함 좋아하고
바다를 닮아서인지 마음도 깊지요.

내가 사랑하는 김지헌 어린이는
키는 작아도 마음이 크지요.
직아도 매운 고추처럼 당차기도 하지요.

내가 사랑하는 김진균 어린이는
시작하면 멈춤 없이 끝까지 해내지요.
아픔을 이겨내고 튼튼하게 자라세요.

내가 사랑하는 김태영 어린이는
몸 크고 마음 넓고 생각도 깊지요.
열심히 공부하여서 큰 일꾼 되세요.

내가 사랑하는 김현한 어린이는
태백산 박달나무 단단한 어린이
몸도 단단하고 마음도 단단해요.

내가 사랑하는 박인국 어린이는
윙윙 바람 부는 산꼭대기 소나무처럼
아프고 힘들어도 굳세게 이기지요.

내가 사랑하는 변수민 어린이는
교실 청소도 제일 먼저 하고요.
어려운 친구를 보면 제일 먼저 도와요.

내가 사랑하는 여찬수 어린이는
축구를 좋아해서 운동장에 살아요.
힘차게 쑥쑥 튼튼하게 자라세요.

내가 사랑하는 여훈 어린이는
꽃도 잘 기르고 동물도 좋아해요.
열심히 공부해서 과학자가 될 거래요.

내가 사랑하는 오세민 어린이는
노란 민들레꽃 햇살을 좋아해요.
혼자서 햇살 보며 내일을 꿈꾸지요.

내가 사랑하는 황준연 어린이는
공부를 좋아하고 심부름도 잘해요.
앞장서 손들고 발표도 잘하지요.

내가 사랑하는 김다흰 어린이는
하얀 목련꽃 언제나 환하지요.
그 웃음 그 마음 곱게 곱게 키우세요.

내가 사랑하는 김주혜 어린이는
산기슭에 곱게 핀 참나리꽃 같아요.
수줍은 눈빛 속에 솔바람이 일어요.

내가 사랑하는 김지현 어린이는
깨끗하고 날씬한 꽃사슴 같아요.
반듯한 자세로 사뿐사뿐 걷지요.

내가 사랑하는 김희원 어린이는
생글생글 웃는 모습 너무 예뻐요.
하루도 한시도 웃음 질 때 없어요.

내가 사랑하는 문자영 어린이는
수풀에서 방긋 웃는 도라지꽃이지요.
글씨도 잘 쓰고 발표도 잘해요.

내가 사랑하는 박민경 어린이는
아픈 아이 우는 아이 위로를 잘하지요.
좋은 의사가 꿈이라니 꿈처럼 될 거예요.

내가 사랑하는 박아름 어린이는
노란 햇병아리 우리 반 귀염둥이
예쁘게 무용하고 피아노도 잘 쳐요.

내가 사랑하는 박원정 어린이는
금꿩의다리꽃 봉오리처럼 예쁘지요.
꽃말이 키다리니 원정이도 클 거예요.

내가 사랑하는 박진아 어린이는
아픈 사람 보살피는 간호사 되겠대요.
누구나 좋아하는 하얀 천사 되세요.

내가 사랑하는 백자람 어린이는
하얀 도라지꽃 예쁘고 귀하고
하겠다 하면 뭐든지 잘하는 능력가지요.

내가 사랑하는 손윤정 어린이는
수줍은 듯 언제나 귀엽게 웃지요.
꽃같이 조롱조롱 자랑거리 많아요.

내가 사랑하는 이강희 어린이는
연보라 모시 대꽃 향기롭고 아름답고
수영을 좋아하고 달리기도 잘하지요.

내가 사랑하는 이다솜 어린이는
별빛 민들레꽃 언제나 당당하지요.
아침마다 분리수거 아주아주 잘해요.

내가 사랑하는 이민정 어린이는
항상 방글방글 복 웃음을 짓지요.
복되게 자라나서 좋은 사람 되세요.

내가 사랑하는 최명은 어린이는
산골짜기 샘물처럼 맑은 눈빛으로
실며시 고개 들고 헤맑게 웃지요.

내가 사랑하는 최미령 어린이는
한여름 청포도 아주아주 싱그럽고
언제나 방긋방긋 노래도 잘하지요.

내가 사랑하는 최유림 어린이는
바람에 산들산들 제비꽃 닮았어요.
온 나라 수놓는 들꽃으로 자라세요.

* 1996학년도에 담임한 서울 성자 초등학교 1학년 어린이들에게 5월 5
  일 선물한 시입니다.
* 김진균 어린이는 당시 서울대 병원에서 척추 수술받고 치료 중이었습
  니다. 그때는 병원 학교가 없어서 틈틈이 병원에 가서 공부를 돌보아
  주었는데, 끝내 여름이 오기 전에 하늘나라로 갔어요.

3부

마음으로 부르는 노래

그 어디에

다시 태어나셨다 해도

그 버릇 여전하실 것 같습니다.

부모님 수연에 바치는 축원

백두산 마루에

밝은 햇살이 비치고

한라산 기슭이

바닷바람을 머금은

그때로부터

감치고, 굽이쳐온

헤일 수 없는 세월

역사의 소용돌이 중에서

가장 어려운 휘돌이를 건너오신

부모님

나라 잃은 땅에서 태어나

온 겨레 아픔이 강물처럼 흐르던

슬픈 시대, 두려운 나날

내일을 알 수 없는 시대를 넘어

어렵게 어렵게, 힘겹게 힘겹게
강하고 슬기롭게 삶을 가꾸신
아버님, 어머님.

6 · 25 때는
어둠을 끌고 온
공산군 총칼을 피해
낮에는 어답산 숲이나 돌무지에 숨고
밤에는 산길 길목을 지키다 싸우고
1.4 후퇴 때는
국군으로 지원 나간 첫 전투인
매봉산 전투에서 중공군 포로가 되어
압록강 만포까지 사슬에 묶여
눈 덮인 산야를 끌려가면서도
하루에도 몇 명씩 추위와 굶주림으로

포로들이 죽어가는데도

흩어진 낱알로 주린 배 채우기를

거부하고

탈주하다 잡혀서 죽도록 맞고

괴혈병으로 어금니가 빠지고

영양실조로 눈이 멀어도

끝까지 살아남아

고향으로 돌아오겠다는

굳센 결심으로 버티고 버티다

포로 교환으로 돌아오신 아버님.

중공군이 오면

국군 나간 집 아내도 죽이니

며칠만 피난하라는 말 따라

앞니 자국난 놋숟가락만 들고 따라오는

시동생 데리고 원주까지 피난 갔다가

더 내려가야 한다는 말을 듣고

사흘 만에

늙으신 시부모님 걱정에 되돌아서

흘러내려 가는 피난 물결을 거슬러 올라

막아서는 미국 병사 눈을 피해

고향으로 돌아와

시어머니 시할머니 모시면서

낮이면 일하고

밤이면 치성드리기로

정갈한 샘물 떠 놓고

달님 대신 전쟁 나간 낭군 얼굴이

물속에 떠오르길 빌고 빌던 어머님.

두 분은

헤어진 3년 만에
몇 고비 죽음을 넘기고
철조망을 뛰어넘은 만남은
굳은 의지, 빌고 비는 정성에 따른
땅의 보살핌이고, 하늘의 돌보심이지요.

3남 2녀
다섯 생명을 얻으시어
기쁨으로 기르고, 정성을 키우시느라
먹을 것 줄이고, 쓸 것 참으시고
좋은 옷 마다하며 오늘에 이르셨지요.

40년을 오직 어린이들과 함께하시며
강원도 두메산골 그 어느 학교에 가시더라도
늘 새로운 교육의 장을 여시기에 여념이 없으셨고

겨레의 새싹을 키우시기에
노력을 아끼지 않으신 아버님.

시골 교사 아내로
동네 뒷산에 가 손수 나무를 하고
나뭇단을 이고지고 내려오시고
날마다 부뚜막 단지에
쌀 한 숟가락씩 모으느라
나물죽을 끓이고
저녁마다 수제비, 국수 반죽 미느라
어깨를 두드리시고
"우리는 버릴 것이라도 가겟집에서는 돈 주고 사야 한다."
시며
가게에서 물건 사올 때 담아준
종이 봉지, 비닐봉지

한 장 한 장 펴서 모아두었다가
동네 점방에 갖다 주시는 어머님.

이제 저희들은 성년이 되었고
부모님께서는 늙어 회갑을 맞이하셨으니
그 은혜에 천만분의 일이라도 보답하는 마음에
수연을 마련하고 저희 축원을
은보에 싸고, 금반에 받쳐 올리며 비옵나니
천지신명이여 굽어 살펴주소서.

하늘이시여
아버님이 앞으로도 초등교육의 길을
더욱 아름답게 걸으시려는 뜻을 지켜주시고.
아버님은 요즘 눈이 아프시니 빨리 낫게 해주시고
약주를 과음하시면 아주 해로우시니

제발 친구들이 눈곱 만큼씩만 술을 권하게 하시고
그 술도 생명주가 되게 해주시기 바랍니다.

땅이시여
못난 자식들 그저 탈 없이 살기만을
밤마다 빌고 비시는 어머님 정성을 살펴주시고
당뇨가 쑥쑥 내려가게 해주시고
혈압이 안정되게 해주시고
신장결석도 없어지게 해주시고
평생 달고 사신 신경통도 싹 사라지게 해주십시오.

이 자리에 함께하신 친지 모든 분과
비록 이 자리에 오시지 못한 분들일지라도
저희 부모님과 인연이 있으신 모든 분에게도
하느님 축복이 있으시길 기원합니다.

아버님

어머님

하느님 가호로 부디부디

오래오래 건강하게 사시기 바랍니다.

단기 4319년(1986년) 4월 20일

---

* 아버님 어머님은 범띠 동갑이시라 한 해 회갑을 맞이하셨다. 초원봉
  사회 유승룡 선생님 말씀을 듣고 회갑 축의금을 받지 않고 자식들이
  돈을 모아서 잔치를 해 드렸다. 수연상은 작은 외삼촌이 차려주셨다.
  외할머니가 일찍 돌아가셔서 누님이 어머니처럼 길러주셨고, 고등학
  교 다닐 때 매형이 학비를 벌 수 있도록 장사를 도와주셨기 때문에
  당신 몫으로 할 수 있게 해 달라고 하셨기 때문이다. 그렇게 하는 대
  신 외삼촌 수연상은 내가 차려드리기로 허락을 받았다.

아버지를 기억하며

5월 5일, 경희궁에서
서울시 어린이백일장 심사를 하는데
아내가 전화를 했어요.

"아버님이 돌아가셨어, 빨리 와"

아침에 나올 때 환하게 웃으시면서
심사 잘 보고 오라는 말씀까지 해주셨는데
돌아가시다니요. 택시를 타고 아산 병원에
가니, 하얀 보로 얼굴까지 덮고 계셨지요.
손은 아직 따스한 것 같은데, 가슴은 아직
가느다랗게 숨을 쉬시는 것 같은데,
돌아가셨다 합니다.

그날 밤부터 내린 소나기가
장례식 내내 줄기차게 좍좍 내리고

아침에 운구할 때도 내렸는데
장지에 도착할 때는 맑게 개었지요.

따가운 봄 햇살에
촉촉이 물기 머금은 흙에서
아지랑이가 피어오르고
하얀 버드나무 꽃가루가
바람 따라 눈처럼 흩날리고
그 사이로 하얀 새 한 마리가
무덤 뒤 숲에서 하늘 높이 날아올라
먼 하늘 속으로 사라졌습니다.

오늘 3주기
예전에는 3년 상을 치렀다지요?

그날을 맞아

아버지가 가시던

이름디운 그날을 기억합니다.

(2009년 5월 4일)

---

* 2006년 5월 5일, 어머니를 간병하시던 아버지가 먼저 돌아가셨습니
다. 아버지는 귀가 잘 안 들리시고, 혈관성 치매가 진행 중이셨습니다.

어머니 버릇

어머니는

쌀을 일으실 때

쌀 한 톨도 흘리는 법이 없으셨다.

어머니는

나무를 사지 않으시고

뒷산에 가서 직접 해다 때셨다.

어머니는

점심은 잘 드시지 않으셨고

찬밥이나 누룽지를 자주 드셨다.

어머니는

아무리 피곤해도 저녁에는

나물죽, 수제비, 국수로 끼니를 때우셨다.

어머니는

장작불을 때고 나온 숯도

갈 두었다기 회롯불로 피우시곤 하셨다.

어머니는

러닝셔츠나 팬티도

누덕누덕 기워서 입으셨다.

어머니는

새벽이나 밤에 석촌호수를 돌면서

빈 병을 주워다 파셨다.

얼마나 열심히 주워 오시는지

한 달에 3천 원을 받을 때도 있다.

그 돈을 길 가다 만나는 거지한테 다 주신다.

남편이, 아들이 힘들게 벌어온 돈은

죄 될까 봐 한 푼이라도 아꼈지만

이 돈은 내가 번 거니 돕는 거라 하신다.

어머니는

저 하늘에 가서도

그 어디에 다시 태어나셨다 해도

그 버릇 여전하실 것 같습니다.

2010년 12월 25일 어머님 3년 상을 보내며

* 당뇨로 눈이 거의 안 보이게 되시고, 알츠하이머 치매를 앓으시던 어
  머니는 2007년 12월 26일 돌아가셨습니다.

회갑 축시

홍수자 교장 선생님 회갑을 축하하며

봄이 가고
여름이 가고
가을이 가고
겨울이 옵니다.
꿈을 소망하는 사람은
겨울 뒤에 따라오는 새봄을 봅니다.

봄날
바람에 날리던
민들레 씨앗이
깊게 깊게 뿌리내려
한 자리에 머물듯이

한여름 햇살에
반짝이며
흘러가는 강물이

오직 한 번 갈 수 있는 물길을
흘러가듯이

수많은 길이 숨어 있는
숲길에서
이리저리 걷다
오롯한 길 하나 만들어졌듯이

님은
이 세상에
한 번 태어나
오직 한 번 주어진
삶을
해맑은 아이들하고
같은 눈높이로

눈빛을 마주치고
따스한 손을 내밀어
큰 뜻을 품으라 격려하면서
초등교육의 길을 걸어오셨습니다.

한반도
산정을 휘감아내려
유럽, 미주, 중국, 동남아,
세계 곳곳의
흙
그리고 바람
따스한 햇살을 품어 만든
소중한 생명을 안고
바람에 날려 온 민들레 씨앗처럼
삼전동산에 뿌리 내리셨습니다.

방송조회 때마다

옛이야기와 동화를 들려주시는

그 소박함 속에

사랑하는 삼전 아이들아

노오란 별꽃 민들레처럼

네 꿈을 하얀 날개에 달고

어떤 땅에 내리더라도

굳세게 뿌리내려

아름다운 꿈 피우거라

세계를 향해 당당히 나가

세계인과 겨루는 큰 사람이 되거라

거듭 빌고 비는 마음 담으셨습니다.

교사들과

지리산을 종단하고

설악산을 횡단하면서
구름에 올라서야
구름 이레를 볼 수 있고
산을 알아야
삶을 알 수 있다며
아득한 저 산정을 올라
사랑과 미움을 속세에 묻어두고.
넘어가자 하셨습니다.

오늘은
삶의 한 바퀴를 돌아보며
삶에 향기를 더하시는 날
더욱 아름다운 향기 품으시라고
이렇게 모였습니다.
향기로운

꿈을 소망하는 사람은
항상 아름다운 사람이라 했습니다

선생님
아름다운 사람이 가는 길로
내내 건강하시고 행복하게
항상 보람되게 사시옵소서.

(2002. 11. 27)

* 홍수자 교장 선생님을 결혼하지 않으시고, 식구들이 모두 미국으로
  이민하셔서 혼자셨습니다. 삼전초등학교에 교장으로 첫 부임을 하셔
  서 온 힘을 다해서 학교를 운영하셨습니다. 교육에 대한 소신도 뚜렷
  하시지만 동시에 아이들과 선생님과 학부모들 의견을 잘 수렴하고,
  협의하면서 학교를 운영했습니다. 가을에 교직원 연수를 갔는데, 가기
  전에 교장 선생님 몰래 학년별로 장기자랑을 준비해서 교직원 연수를
  회갑 잔치로 대신했습니다. 나는 교사 대표로 시를 써서 읽어 드렸습
  니다.

선생님 고맙습니다.

비 오는 날 이오덕 선생님을 묻어 드리고서

오늘
선생님 묻으러
고든박골 오르는데
왜 이리도 비가 내리는지요.

하늘도
선생님 가심을 슬퍼하는
우리들 마음을
함께 해 주시나 봅니다.
상여 뒤를 끝없이 따라오는
저 많은 사람들이 흘리는 눈물을
씻어주려나 봅니다.

비를 맞으며
선생님 관 위에

물에 젖은 흙을 넣으며
한 삽 더 떠 넣으며
마음을 다집니다.

못난 제자들이
선생님을 죽음에 더 빨리
이르게 했습니다.
그러나 그런 말씀 한마디 없이
노래에 실려 빛에 실려
어머니 계시는 나라로 가신다는
선생님이 마지막으로 써 놓으신
시를 뇌이며, 되 뇌이며, 다시 뇌이면서
다짐합니다.

못난 제가

선생님 가르침 덕으로

25년 교사 생활을

죄를 조금이라도 덜 짓고

교사로서 아이들과 행복하게 살았으니

제가 살아 있다면

앞으로 25년은

선생님 삶과 사상을 알리겠습니다.

널리 널리 그 씨앗을 기쁜 소식처럼

뿌리고 다니겠습니다.

그러다 보면

그 씨앗을 마음에 심어

선생님 생각을

크고 아름다운 나무로 피워낼

이 세상에 널리 펼쳐줄

좋은 제자가 생길지 누가 아나요?

아니
그런저런 욕심 부리지 않고
제가 할 수 있는 것을 찾아서
그냥 널리 알려 보겠습니다.
선생님한테 받은 것을
다른 사람들한테 나누겠습니다.

선생님
고맙습니다.

(2003. 8. 30)

---

* 2003년 8월 25일 새벽에 이오덕 선생님이 돌아가셔서 학교에 연가
를 내고 내려가 장례를 치렀습니다. 장례 치르고 밤에 끄적여 놓았던
것을 다듬었습니다.

꽃 단장한 통일 열차를 타고 가소서

권정생 선생님 추모 시

어느 누구도
대신할 수 없는
서러움을, 슬픔을, 아픔을
평생 안고 살아오시면서도
그리도 보고 싶어 하던
통일이 되기 전에는 죽을 수 없다던
그런 날을 끝내 보지 못하시고
가시는군요.

오늘
대구 병원에서
돌아가셨다는 그 시간이
50년 막혔던 남북 기차가
꽃 단장하고 휴전선 철조망을 넘어
남북으로 오가는 시간이네요.
어쩌면 그 시간을 맞추신 건가요?

알 수 없네요.

죽어서 넋이야
그깟 자동차니 기차니 비행기니
없어도 새처럼 훨훨 날아갈 텐데
제 속된 마음으로는
그래도 이왕이면
꽃 단장한 기차 타고
북녘 아이들한테 가보세요.

선생님
내년 봄에는
빌뱅이 둔덕 강아지풀, 질경이, 쑥부쟁이, 박하, 찔레,
굼벵이, 좁쌀 개미, 생쥐 몸에 섞여 사시겠지요?
해마다 다시 나고 다시 나고 하시겠지요?

저도 해마다 갈게요.

그러면 바람처럼 날아다니며 본 남녘 북녘 아이들,
몽골 아이들, 아프가니스탄 아이들, 네팔 아이들, 에스
키모 아이들, 아프리카 르완다 아이들, 세상 아이들 이
야기를 들려주셔요.

(2007. 5. 20)

* 2007년 5월 17일 점심 무렵에 권정생 선생님이 아침에 돌아가셨다는
  전화를 받았습니다. 그날 남북 철로를 잇고 처음으로 기차가 오는
  날이었는데……. 선생님 집 뒤 빌뱅이 언덕에 선생님 몸을 태운 재를
  뿌렸으니 선생님 몸을 이루었던 그것들은 해마다 풀 나무 작은 벌레
  몸으로 돌고 도시겠지요.

부디 편안하게 가세요

이규삼 선생님을 보내드리며

치악산 비로봉
통일탑 감싸 오르던
구름

치악산 기슭
솔잎 갈잎 쓰다듬으며 내닫던
바람
치악산 계곡
바위마다 돌 틈마다 부딪치며 흐르던
냇물

모두가 멈추어 서서
이
규
삼
선생님

142

그대 가시는 길

고개 숙여 이별의 슬픔을

안으로 안으로 되새깁니다.

1985년 8월 20일

대한YMCA 초등교육자협의회

결성 기사를 보시고

젊은 교사들이 진정 어떤 생각으로

어떤 일을 하려고 하는지

실체를 알아보려고 왔다고

조심조심 물으시고

귀 기울여 들으시던 선생님

진정

젊은 교사들 뜻이 옳다며

그동안 교사로서 헛살았다고 하시며
아는 것은 없지만
뭐든 도울 일은 돕겠다고
다짐하시던 선생님

1987년 8월 22일
흥사단 대강당에서 울려 퍼진
민주교육추진 전국 초등교육자협의회
결성 마당
수백 명 젊은 교사들 앞에
우뚝 서서 이끌어주시던 선생님

1989년 5월
그 뜨겁던 열정의 시절
전국교직원노동조합건설의 앞장에서

힘차게 가시다가
파면에 직면해서도
젊은 교사들과 함께하시겠다며
맨 먼저
목이 잘리신 선생님

운동권 말이 어렵다며
좀 쉽게 말할 수 없느냐면서도
젊은이들 앞자리에서
열심히 들으시고
이해하려고 애쓰시던 선생님

퇴임하시고도
수련원이나 팔아먹으러 다니는
전세버스 홍보원이나 하러 다니는

급식 반찬 값이나 떼어먹으려는

퇴임 교원이 아니라

평생 교육자답게

평생 교육봉사를 해야 한다고

퇴직 교원 봉사단체를 꾸리시던 선생님

그 이름

이

규

삼

선생님

오늘

먼 이국땅에서

그리도 사랑하고 그리시던

고국산천에 돌아와

한반도 금수강산의

흙 한 줌 되고자

물 한 방울 되고자

구름 한 조각 되고자

바람 한 줄기 되고자

여기 와 계십니다.

선생님

선생님은 가시더라도

저희를 떠나는 것이 아닙니다.

저희와

이 땅에서 함께 사시는 것입니다.

물이 되고

구름 되고

바람 되어

길섶에 엉겅퀴 꽃이 되어

한여름 들깨우는 말매미 소리 되어

저희들을 깨워주실 것이기 때문입니다.

허허

이 사람 참

죽어서 가는 길 오래도 붙잡는구먼

하실

선생님 목소리가 들리는 듯합니다.

훠이 훠이 가셔서

먼저 가신 민주교육 동지들

성내운

윤영규

이오덕

이순덕

배주영

신용길

김덕일

김현준

황시백

......

교육민주화 열사들 만나

막걸리 한잔하시며 노시기 바랍니다.

부디 평안하게 잘 가세요

이규삼 선생님.

(2010. 1. 19)

이 시집을 펴내는 까닭

이 시집을 펴내는 까닭

이주영

뜬금없이 이 시집을 내겠다고 생각한 건 인상이 때문이다. 1월 말에 인상이가 전화해서 대뜸

"올해가 선생님 회갑이지요."

"응, 그런데?"

"제가 다 세어보고 있었어요. 20주년 때 선생님 회갑을 우리가 하기로 한 거 기억하세요? 난 기억해요. 세환이하고 의논해서 우리가 회갑을 해 드릴게요."

"요새 무슨 회갑이야? 그냥 여행 다녀오는 거지."

"선생님은 가만 계세요. 우리가 의논해서 다 알아서 할 거예요."

유인상은 1986학년도에 서울 탑동초등학교에서 6학년 10반을 담임할 때 제자다. 중간에 쉬다가 와서 다른 아이들보다

나이가 많고 덩치도 커서 아이들을 많이 때렸다. 10월에 다시 집을 나가서 학교에 오지 않았다. 영등포에서 껌팔이 하는 걸 보았다는 사람도 있어서 영등포와 노량진과 용산과 서울역을 돌아다녔지만 찾을 수 없었다. 차를 타고 가다가도 길거리를 떠도는 인상이 또래 아이가 있으면 내려서 쫓아가 살펴보기도 했다. 4학년 때 담임 최경오 선생님과 5학년 때 담임 박향연 선생님하고 같이 학교에서 매주 신우회 모임을 했는데, 인상이를 위한 합동기도를 자주 했다. 졸업식 때까지 돌아오지 않았지만, 졸업이라도 시키고 싶어서 졸업장을 만들어서 있었다. 다음 해에 1학년을 담임했는데, 별관 반지하 교실이었다. 4월 어느 날 수업하는데 창문으로 얼굴을 쑥 디밀면서 "선생님!"하고 부르는 아이가 있었다. 인상이었다. 나를 보고 싶어서 왔다고 하면서 주스 한 병을 내 놓았다. 머리는 더벅머리고, 얼굴은 때 투성이고, 운동화는 다 떨어졌다. 신발을 벗기고 발을 씻어주었는데, 피고름이 군데군데 맺혀 있다. 양호실에 가서 빨간약을 갖다가 발라주고, 졸업장을 주어서 집으로 보냈다. 초등학교만 졸업했지만 지금 누구보다 성실하게 직장생활을 하고 있다.

며칠 뒤에 세환이가 전화를 했다. 대림건설에 다니는데, 아이들하고 의논해서 여의도에 있는 대림건설에서 운영하는 뷔페에서 잔치한다고 한다. 직원 할인 기간으로 평소 반값이란다. 3월 1일이 원래 양력 생일인데, 28일 저녁이 좋겠다고 했다. 토요일이고. 3월 1일은 대전에서 시작한 탈핵도보 행진단이 서울 들어오는 날이라서 나가 봐야 한다. 탈핵 운동에 앞장서는 김광철 선생하고 하루라도 같이 걷고 싶어서다.

2월 28일 토요일, 가만 생각해 보니 제자들이 회갑 잔치를 해 준다는데 답례를 어떻게 하지? 선물을 하나라도 준비해야 하는데, 뭘 하지? 여름에 1박 2일로 반창회하라고 돈을 줄까? 그러다가 문득 그해 졸업식 때 아이들 한 명 한 명한테 주는 시를 써서 학급문집에 실었던 게 생각났다. 20주년 때 인쇄업을 하는 진희가 월간 문집 「민들레」와 연간 문집 「우리들 이야기」 합본 호를 만들어 왔는데, 아이들이 무척 좋아했다. '그렇지, 그때 쓴 시를 작은 책으로 예쁘게 만들어 주자.' 하는 생각이 들었다. 그래서 딸한테 부탁해서 컴퓨터로 쳐 달라고 했다. 딸이 워낙 빠르게 치기 때문이다. 두 시간 만에 쳐 주었다. 54편

밖에 안 돼서 부피가 너무 작다 싶어서 궁리하다가 2부와 3부를 덧붙였다. 이런 데 붙여놓지 않으면 어디 붙이기 어설픈 글이기 때문이다. 각 부를 소개하면

1부 '민들레 씨앗으로 날아가는 아이들아' 는

앞에서 말했듯이 1986학년도에 서울 탑동초등학교에서 담임했던 6학년 10반 아이들을 졸업시키면서 어디에 가더라도 밝고 힘차게 자신을 꽃피우길 기원하는 마음으로 한 달 정도 동안 시 모양으로 쓴 글이다. 시 모양이라고 하는 까닭은 그냥 내가 마음속으로 부르는 비나리에 불과하기 때문이다.

2부 '내가 사랑하는 어린이는' 에 실은 글은

1996학년도 서울성자초등학교 1학년을 담임했을 때 어린이들한테 5월 5일 선물로 주려고 시 모양으로 쓴 비나리다. 아이들 한 명 한 명하고 학교 꽃밭에 있는 남매 독서 상 앞에서 같이 사진을 찍었다. 그 사진을 손바닥 편지 왼쪽에 붙이고, 오른쪽에 시를 타자로 쳐서 붙여 주었다. 타자로 친 까닭은 순전히 내가 글씨를 너무 못 쓰기 때문이다. 글씨를 조금만 잘 썼

으면 손 글씨로 쓰고 예쁜 그림도 그려주고 싶었다.

3부 '마음으로 부르는 노래'는

부모님에 대한 시와 내 삶에 영향을 주신 선생님들에 대한
시다. 시라기보다는 못 부르는 노래지만 마음을 다해 불러 본
음정 박자 모두 어설픈 노래라고 할 수 있다.

나는 음치다. 음정과 박자를 모르고 부른다. 나는 시를 쓰지
만 잘 못 쓴다. 1991년 송파신문사에서 주최한 송파문학상에
시로 수상했고, 잡지나 회지에 가끔 시가 실렸지만 잘 썼다는
말을 들은 적은 없다. 요즘 동시를 몇 개 문학잡지에 발표하고
있는데, 재미가 없다거나 못 쓴다는 말을 들을 때가 더 많다.
그래도 쓰는 까닭은 내 마음을 풀어낼 수 있는 일이기 때문이
다. 이 시집을 내는 까닭도 그렇다. 비록 잘 쓴 시는 아니지만,
교사와 제자 사이를 이어 주는 끈이 되어 주는 시이기 때문에
아이들과 나누고 싶다. 내 삶을 돌아보면 내 마음속 깊은 바위
에 고마운 분이라고 새겨둘 사람들이 참 많다. 그 가운데는 불
과 1년이나 2년 함께 배우고 가르친 만남을 영원한 선생님으

로 기억해주는 제자들이 많다. 그저 고마울 따름이다. 이 작고 거친 시집은 그런 고마운 마음을 아이들한테 보여주고 싶어서 내는 것이다. 이 시집을 읽는 모든 사람에게 행복을 빌어주는 비나리가 되기를 빌어본다.

대한민국 97년(2015년) 3월 1일

---

* 대한민국 연호 97년은 1919년 3.1독립운동 정신을 살려 4월 11일 건국한 대한민국과 4월 13일 수립한 상해 임시정부를 기점으로 하는 연호고, 3월 1일은 내 양력 생일입니다.